Did you know that there are many different ways to say grandpa in Chinese? It can vary by region and by what side of the family he is from. Here are some common ways people say grandpa in Chinese:

Maternal side

外祖父 "wài zǔ fù"

姥爷 "lǎo yé"

外公 "wài gōng"

阿公 "ā gōng"

公公 "gōng gōng"

Paternal side

祖父 "zǔ fù"

爷爷 "yé yé"

For my Dad,
Mina's "gong gong"

Mina uses 公公 "gōng gōng" to address her grandpa, but feel free to interchange it to whichever way your child addresses his/her grandpa.

For a FREE audio reading and other bilingual books visit:

www.minalearnschinese.com

Follow us

Minalearnschinese

Our pup, Musubi

Also available in Simplified Chinese!
ISBN: 978-1-7339671-4-3
ISBN ebook: 978-1-7339671-5-0

Mǐ nà: Gōng gōng, Wǒ yǒu gè zhǔ yì!

米娜：公公，我有個主意！

Mina: Grandpa, I have an idea!

Mǐ nà: Wǒ huà gěi nǐ kàn, hǎo bù hǎo?

米娜：我畫給你看，好不好？

Mina: I will draw it for you to see okay?

Gōng gōng: Hǎo a, Mǐ nà!

公公：好啊，米娜！

Grandpa: Sure, Mina!

Mǐ nà: Nǐ kàn wǒ huà le shén me!

米娜：你看我畫了什麼！

Mina: Look at what I drew!

公公: 啊，我知道！這一定是小米的狗屋！

Grandpa: Ah, I know! This must be Musubi's dog house!

米娜: 公公，你喜歡我畫的粉紅色的屋頂嗎？

Mina: Grandpa, do you like the pink roof that I drew?

公公: 喜歡！

Grandpa: I do like it!

米娜: 小米喜歡紅色的花。

Mina: Musubi likes red flowers.

公公: 畫得真漂亮，米娜！

Grandpa: So beautifully drawn, Mina!

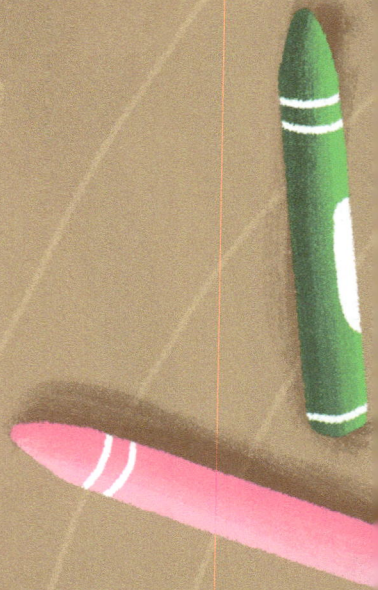

米娜: Gōng gōng, Nǐ kě bù kě yǐ gài zhè ge gǒu wū?

米娜：公公，你可不可以蓋這個狗屋？

Mina: Grandpa, can you build this dog house?

公公: Dāng rán kě yǐ, dàn wǒ xū yào yī gè bāng shǒu.

公公：當然可以，但我需要一個幫手。

Grandpa: Of course I can, but I'll need an assistant.

公公: Nǐ yuàn yì bāng wǒ ma?

公公：妳願意幫我嗎？

Grandpa: Would you be willing to help me?

米娜: Wǒ yuàn yì!

米娜：我願意！

Mina: Yes, I'd love to!

Mǐ nà: Gōng gōng, wǒ men yīng gāi xiān zuò shén me?

米娜: 公公，我們應該先做什麼？

Mina: Grandpa, what should we do first?

Gōng gōng: Wǒ men xiān qù chē kù zhǎo gōng jù hé cái liào ba!

公公: 我們先去車庫找工具和材料吧！

Grandpa: Let's first go to the garage to find tools and materials!

公公: Wǒ men xū yào jǐ kuài mù bǎn, yī bǎ chuí zi hé yī xiē dīng zi. Nà gǒu wū yīng gāi gài zài nǎ lǐ?

公公：我們需要幾塊木板，一把錘子和一些釘子。那狗屋應該蓋在哪裡？

Grandpa: We'll need a few wood planks, a hammer, and some nails. Where should we build the dog house?

Mǐ nà: Wǒ jué dé hòu yuàn de dà shù xià shì gè hǎo dì fāng.

米娜：我覺得後院的大樹下是個好地方。

Mina: I think under the big tree in the backyard is a good spot.

公公: Chuí zi zài nǎ lǐ?

公公: 錘子在哪裡？

Grandpa: Where's the hammer?

Mǐ nà: Zài zhè lǐ, Gōng gōng!

米娜: 在這裡，公公！

Mina: It's over here, Grandpa!

Gōng gōng: Xiè xiè! Nǐ zhēn shi gè hǎo bāng shǒu!

公公: 謝謝！妳真是個好幫手！

Grandpa: Thank you! You're such a great helper!

Mǐ nà: Gōng gōng, nǐ gài hǎo le ma?

米娜: 公公，你蓋好了嗎？

Mina: Grandpa, are you done building yet?

Gōng gōng: Kuài hǎo le, yào yǒu nài xīn ó.

公公: 快好了，要有耐心哦。

Grandpa: Almost done. Have patience!

公公： Gōng gōng: Gài hǎo le! Nǐ jué dé zěn me yàng?

公公：蓋好了！妳覺得怎麼樣？

Grandpa: All done! What do you think?

米娜： Mǐ nà: Zhè hé wǒ huà de bù yī yàng.

米娜：這和我畫的不一樣。

Mina: It's not exactly like my drawing.

Gōng gong: Shuō de duì!　Nà shǎo le shén me ne?

公公：說的對！那少了什麼呢？

Grandpa: You're right! What's it missing?

Mǐ nà: Wǒ zhī dào le!　Shǎo le yán sè.

米娜：我知道了！少了顏色。

Mina: Grandpa, I know!
It's missing color!

公公: Gōng gōng: Wǒ men yǒu zǐ sè, lán sè, fěn hóng sè hé huáng sè

我們有紫色，藍色，粉紅色和黃色

dé yóu qī. Xuǎn shén me yán sè hǎo ne?

的油漆。選什麼顏色好呢？

Grandpa: We have purple, blue, pink, and yellow paint. Which colors should we use?

Mǐ nà: Wǒ xiǎng tú wǒ zuì xǐ huān de liǎng zhǒng yán sè,

米娜：我想塗我最喜歡的兩種顏色，

huáng sè hé fěn hóng sè!

黃色和粉紅色！

Mina: I'd like to paint it with my two favorite colors, yellow and pink!

米娜: Mǐ nà: Gōng gōng, wǒ tú wán le!

公公，我塗完了！

Mina: Grandpa, I'm done painting!

公公: Gōng gōng: Tài bàng le! Wǒ men xū yào děng dài yóu qī biàn gān.

太棒了！我們需要等待油漆變乾。

Grandpa: It's terrific! We need to wait for the paint to dry.

Gōng gōng: Wǒ men xiū xí yī xià

公公： 我們休息一下

hǎo ma?

好嗎？

Grandpa: How about we take a break?

Gōng gōng: Wǒ men lái yě cān ba!

公公: 我們來野餐吧!

Grandpa: Let's have a picnic!

Mǐ nà: Wa gōng gōng, wǒ de zuì ài! Sān míng zhì,

米娜: 哇公公,我的最愛!三明治,

guǒ zhī, hé shuǐ guǒ!

果汁和水果!

Mina: Wow, Grandpa! My favorites! Sandwiches, juice, and fruit!

米娜： Mǐ nà: Xiǎo mǐ kàn qǐ lái yě xiǎng chī diǎn xīn.
小米看起來也想吃點心。

Lái chī ba, Xiǎo mǐ!
來吃吧，小米！

Mina: It looks like Musubi wants a snack too. Come and eat, Musubi!

Gōng gong: Yóu qī gān le.　　Wǒ men kàn kàn xiǎo mǐ
公公：油漆乾了。我們看看小米

xǐ bù xǐ huān tā de fáng zi.
喜不喜歡它的房子。

Grandpa: The paint is dry. Time to see if Musubi likes her new house.

Mǐ nà:　wǒ jué dé tā hěn xǐ huān a!
米娜：我覺得它很喜歡啊！

Mina: I think she likes it!

Mǐ nà: Xiè xiè gōng gōng péi wǒ!

米娜：謝謝 公公 陪我！

Wǒ jīn tiān hǎo kāi xīn!

我今天好開心！

Wǒ ài nǐ!

我愛你！

Mina: Thank you, Grandpa for hanging out with me!

I'm so happy today! I love you!

Gōng gōng: Wǒ yě hǎo ài nǐ!

公公： 我也好愛妳！

Grandpa: I love you too!

www.ingramcontent.com/pod-product-compliance
Lightning Source LLC
Chambersburg PA
CBHW042147240326
41723CB00014B/618